新しい猫背の星

尼崎　武

新鋭短歌

新しい猫背の星

＊

目次

青春の真ん中に

僕にただひとつのものが正直なたましいならばいいなと思う

三十年以上も生きていくつもの影を今まで踏んできました

桜のころ通りたくなる道があり毎年春になるまで生きる

人一倍罪悪感がありながら赤信号を渡ることは渡る
ああ俺はしわっくっちゃのシャツだけど着る奴くらい選ばせてくれ
美しいものを美しい名で呼ぶ　そういう当たり前を信じる

白桃の産毛をむしる　生きてんのにさよならなんてなくないですか

その顔はいつも笑顔でいるための練習をしているような顔

密室のような気がする観覧車　遠くからでもはっきり見える

牛乳を飲めない人は何を飲み何を鼻から出して笑うの

歴史という大河の中の俺という小川ドラマですら果てしない

神さまの優しい声が届かない場所で倒れるわけにいかない

きみの名を声の限りに　神さまは応援団のかたちをしてる

真裸で自転車こいで感じてるきみが生まれた季節の風だ

美術館にひとつくらいは唐突に意味がわかってしまう絵がある

ひとりでは笑えなくってあたたかい人に笑わせられて育った

夕どきの長い長い影引き連れて楽しい方に全力で行く

青春はほとんど左右対称でその真ん中にいたこともある

山頂に旗を立てたらそれはもうお子様ランチみたいな地球

望まれぬ命などない　テーブルのねじをかたくかたくかたく締める

サイダーの中に無数の泡があり泡の中にはサイダーはない

タイトルに本文ぜんぶ書いてあるメールなんかに励まされてる

俺いつも笑っているし知らぬ間に誰かを救えているんじゃないか

スヌーズの機能がついた目覚ましに起こされるように何度も気づく

俺は俺だけのリズムで歌うのだ　拍手はいらない　手拍子もいらない

同じ夕焼けを見たくて飛び出した　心の中で遠吠えをする

誰もいない星で静かにブランコが揺れているからもう行かなくちゃ

僕らはみんなミステイク

この道はいつか来た道　ああそうだよ　進研ゼミでやったところだ

歌：小坂明子　振付：尼崎武でおどる「あなた体操」

楽園でアダムとイブが口にした禁断の実はおかわりがある

まっさらな乙女心はヘッヘッヘッ練れば練るほど色が変わって

押し入れは千代に八千代に引き出物の巌となりて苔のむすまで

プレゼント（常識的に考えてあなたが私にくれたもののこと）

犯人はこの中にいる　またはこの中にはいない（事象・余事象）

アヒルの子だった記憶がよみがえりときどき羽が動かなくなる

路地裏で迷子の迷子の我輩は人間である　理由はまだない

きみの目が少し潤んでいるけれど月がきれいと言っただけだよ

七夕の言い伝えには出てこない「たなばたさま」は何者なのか

海水でふやけてしまった鯛焼きを俺ならきっと食べないだろう

おはようからおやすみまでをライオンが　おやすみからおはようまで俺が

皮肉さえちからに変えて（真に受けて）赤鼻のトナカイは進むよ

この恋を不本意ながら終えた日の吹雪がすごい！　２０１３

ハリセンボンになったら　ハリセンボンになったら　友達ひとり抱きしめられない

大好きなきみのリクエストにこたえ歌う４分33秒

雪国に行くトンネルを反対に抜ければそれが春ではないか

はしれ、しあわせもの

しあわせになるのが大事　わたしの手でわたしの頬を撫でて冷たい
自然にはしあわせになれない場合そうさせているものの正体
一番のしあわせがいい？　二番から十番ぜんぶ叶うのがいい？

喜んでくれてる顔を想像しひとあしさきにしあわせになる

朧月に手が届かない　しあわせが笑ってやがるベールの向こう

おしあわせにと伝えたいのにありがとうという言葉に喜ばされる

しあわせだなあ　ごちそうの両側にちゃんとナイフとフォークがあって
しあわせとあなたは言った　聞こえないふりでその場をしのいでみせた
ひとのしあわせが自分のしあわせにつながらないとき　なにかが違う

しあわせなキスもふしあわせなキスもくちびるとくちびるが触れあう

朝露がきらめくように泣きながらしあわせになることだってある

あたたかい光にしかめ面をする　もっとじょうずにしあわせになれ

しあわせを態度で示す方法は「みんなで」というところが大事

しあわせに生きるしかない　あらかじめそんな道しか残されてない

しあわせがとめどなく流れ込んでくるほどの大きな穴だったんだ

しあわせか？　自分の夢の中でまで妥協しながら生きているのが

しあわせになると心に決めること　それから、それを実行すること

しあわせはガラスのきしむような音　あなたぽかんとしてますけども

何回もきみがほほえみかけるなら示しあわせて逃げてもいいか

苦しみを認めてもいい　しあわせの中でもわりとあることだから

臆病なままだとずっとしあわせはあなたのそばで見ているだけだ

だれだって淋しい　それはしあわせをおいしく感じられるようにだ

きみといたせいで散々しあわせな目にあったからひとりがつらい

生き物の範囲でしあわせを目指す　生きているからしょうがないでしょ

満月予報官

真夜中の月の光に起こされる　カーテンの隙間からおはよう

月面の点字をきみがなぞるとき見ている僕の知らない光

雪のあと夜空高くに半月かそれより少し大きめの月

月に手を伸ばせば触れる気がしてた　こんな汚れているのにごめん
すくいあげた水の中には月がなく空っぽの植木鉢に移す
あの日見た満月を覚えていない　今日とおんなじ形だろうけど

月に雲　誰もが知っていることを俺だけずっと理解できない

カーテンの向こうには月　なくなったものを今でも忘れていない

「こんばんは、何しているの?」「月として半分欠けているところですよ」

明け方に見る月が好き　心地よくひとりぼっちを実感できる

呪いなら終わらせてみる　何度めの満月なのかもう数えない

いま何かが変わるところだ　朝方のベランダで見る月と金星

きりんのネックレス

ものすごく遠くに住んでいる人と鉢合わせすることができない

赤い糸はきっとあるけど全力でつかんでないといけないやつだ

がんばった分だけ人は泣いていい　次の電話で好きだって言う

僕は手を伸ばしネックレスになってきりんの首にぶらさがりたい

きょうきみと何があっても絶対にあしたの朝もおはようと言う

脱衣所の電気を消すと世界からこの浴室がなくなったよう

横顔が見えないくらいそばにいる　きみの名を呼んでもいいですか

テトリスも抱き合うことも下手すぎていつも隙間がいっぱいできる

暗くって何にも見えなかったからあんな話で笑ってられた

きらきらの朝日を浴びているようでただおはようと言ってごまかす

花に水やるような雨だ　ぽんぽんと道行く人の傘が開いて

廃墟って検索したら5件目にうちの近所のマンションが出る

恋人と暮らしはじめて以来するそれまで嗅いだことない匂い

ベランダできみが育てているやつは食べられないのばっかりだよな

まばゆくて目を閉じたりもしたけれどしあわせになる覚悟はできた

こんにちは　僕はあなたの大切なものを守りに来たよ　よろしく
結婚のテーマソングを歌ってる（高田さーんって聞こえるほうの）
かわいくてがんばり屋さんで運がいい　そんな女を嫁にもらった

ありがとうと言われたくらいで泣いている　今日も明日もあさっても晴れ

この街の全ての庭にひまわりの種をこっそりまいた　楽しみ

雲越しに見える太陽くっきりと　きみが笑顔を忘れても好き

alone と訳した「ひとり」　今ならば only you のことだとわかる

覚えたての名前を花という花に呼びかけながら帰る春です

明日に優しいマン

悪い夢ばかり毎晩見続けるみたいに今日も会社には行く

何回も客に頭を下げてきた　同じ数だけ頭を上げた

仕事には休みに似てるものがありそれを率先して引き受ける

生きている　ただそれだけで素晴らしい　お金があればなお素晴らしい
食えるだけの金があったら絶対にやらないようなことをしている
日給を体重で割る　豚肉と俺の価値とを比べるために

都合よく誰かがやってくれるので俺が怠けているかのようだ

みずかけろん（とにかく水をかけまくるおばけ）に水をかけられている

明日に優しいマンが「今日全部やる」って言う　私は生返事する

福澤と樋口が留守でこんなにも野口に頼り甲斐を感じる

接客のプロは営業スマイルも嘘偽りのない笑顔です

どんづまり（誉めると伸びるタイプだが誉めるレベルに達していない）

サントリーホールで謝罪　言い訳をより美しく響かせるため
明日のため涙を拭いて立ち上がろう　こんな雑巾しかないけれど

うごくおとうさん

寝不足のまぶたで今日も新しい笑顔のためにがんばっている

改札にSuicaを叩きつけるという人種を駅でしか見かけない

地下鉄で立ったまま寝ている人の顔が不細工　朝っぱらから

息継ぎのように時計に目を移し本を貪る休憩時間

お疲れさまお疲れさまって何回もお辞儀したあとめっちゃ早足

寝ているか死んでいるかがわからずにいちいち触れて確かめている

見えないし形もないと思ってた愛そのものを抱っこしている

初めてのうどんで使う　いままでの人生でいちばんの笑顔を

夜泣きする子を抱っこして寝かしつけたのかそういう夢を見たのか

そこにいるだけで嬉しくなるような桜の人になってください

残さずに何でも食べて　しあわせなだけじゃ大きくなれないんだよ

停電のなか手探りでたどり着くトイレのドアも閉めて用を足す

「あまがさき、なんでそんなに猫背なん？」「死んだら虹になりたいんです」

そうじゃなく　人の目を見て話さなくてもすむようになりませんかね？

疲れてる俺にやさしくしてあげたい　見て見ぬふりが下手になりたい

このままじゃ息子の方が俺よりも先に歩けてしまいかねない
もう俺は今日から生まれ変わるのに昨日のことで怒られている
人生に意味などないと知ったけど子どもたちには秘密にしたい

浴槽で遊ぶのよっていただいた金魚のおもちゃ逆さに浮かぶ

笑わない息子を心配してたのに妻と二人で笑ってたのか

おとなしく話を聞いてくれるので壁に絵本を読み聞かせてる

最高の日にするつもりだったのに河原の石を数えてた　謎

補助輪のように支えていつの日か必要とされなくなるなんて

おとうさんスイッチの「お」を連打する息子と怒りまくるお父さん

バファリンは薬の名前　バファリンと呼んでも誰も返事をしない

寝る前に窓を閉めたり朝起きて開けたりして過ごした三連休

ベランダに出れば横殴りの朝日　街が真っ赤に腫れ上がってる

音楽を聴かずにやれば能率が上がるだろうと気付いてはいる
ふれあって　おしゃべりをして　うたをくちずさんで　わたしは日々よみがえる
いつか君が旅立つときは大声でいちばん好きなうたをうたうよ

なんべんも叱られたってめげないでうちに光を運び込む人

夢を見よう（※布団でじゃない）　未来への地図を描こう（※布団にじゃない）

兄として最初の主張「あかちゃんのなまえはぽみちゃん、ぽみちゃんがいい」

待合室　みんな一斉に顔を上げていい部屋ネットのＣＭを見た

トイレから戻ってきたら産まれてた　お父様に似てせっかちな子ですよ

ゴミ箱に使い終わった赤ちゃんがおなかにいますバッジを捨てる

不揃いのサンダルひとつ　交代でベランダに出て夕焼けを見る

自分史上もっともでかい音量の独り言だと気づく残響

（泣くコツは俺が調べた）泣くコツと泣かないコツの検索履歴

お日さまにさらす息子のおしっこと妻の涙で濡れてる布団

何回も転んだ場所を振り返り前を見てないからまた転ぶ

自爆テロのニュース見ながら「きゅうきゅうしゃ」「ばす」と画面を指さす子ども

怒られる声がいちばんでっかくて基本それしか聞こえていない

正しさと言う名の何かを振りかざす人に弱みを見せてしまった

両肩にかかる重みは自分から進んで持った荷物のはずだ

保育園じゅうでいちばん可愛い子　それを迎えに行くのが俺だ

真っ赤な頬で駆けてくるからさっきまで太陽だったのがすぐわかる

好きすぎて死ぬと思っていたものを好きな気持ちで生きながらえる

プリンターで刷る年賀状　そっくりの笑顔が四つマトリョーシカか

子どもより先にお月さまに気づく　この競争で負ける気はない

振り出しに戻るだなんて今はもうきちんと怖い　しあわせですよ

大好きな人に幸あれ　今すぐに幸あれ　日常的に幸あれ

全国片思い駅伝

往路

意味のないものなんて何ひとつないけれどもきみと僕は出会った
すれ違いざまの「おはよ」が嬉しくてまさかと思いつつも夢見る
きみが好き　だけで世界は変わらない　心の中が華やぐだけだ

炊き餃子ふっふしながらおおやけにできない恋の話をしてる

立場上これ以上言えないけれどきみと話すととても楽しい

ひとつだけ死ぬより怖いことがありそれが何かは誰にも言えない

お互いに本気を出せば会えなくもないはずの距離だとわかってる
握ってる手はひだまりになりました　あなたが握り返さなくても
半分は冗談だけどあなたにはもう半分をわかってほしい

積雪を言い訳にしてきみはいま誰を包んで眠っているの

きみがする恋の話を聞いていて知らない鳥の鳴き声がする

今いちばん欲しいものはの質問に「とどめ」と答えるから　さしてくれ

もう俺は恋に心を焦がさない　テフロンと呼んでくれて構わない

息を吸う　吐いてまた吸う　かなしみを乗り越えるただひとつの手段

一度だけ受けた好意をずっとリボ払いで返すみたいに好きだ

復路

赤い糸ごちゃごちゃしてて邪魔やからきれいに切って捨てておいたで

思いがけずセックスばかりやっているきみが勧めてくれた小説

抱きしめるたびに広がる穴がありあなたの時もおんなじだった

「痩せなきゃ」と言った女に「そんなことないよ」と誰も返さなかった

恋人の背中に穴が空いている　ドーナツだってバレたらヤバい

俺を失ったあの子のかなしみに思いを馳せて図々しく泣く

嘘つきのピノキオどうし僕たちは鼻が邪魔してキスができない

逆風にふらつかされてぼくたちはたった二本の足で立ってる

嫌いだと思う世界が優しくて人にサヨナラしてもらえない

覚えてろきみは世界に愛されるビルの隙間で泣いてる時も

ここにもうぶらさがってないキーホルダー　一人でもがんばれと励ます

駆けだした方に夕陽があっただけ　あの日裏切っとけばよかった

いいえ今ほしいのは愛　ＡＶのキスシーンだけを繰り返し見る

目の前にきみのつむじがやってくる　エスカレーターしずかにのぼる

幸薄い顔しとるかもしらんけど心はいつも上機嫌やで

屋上の飛行機雲

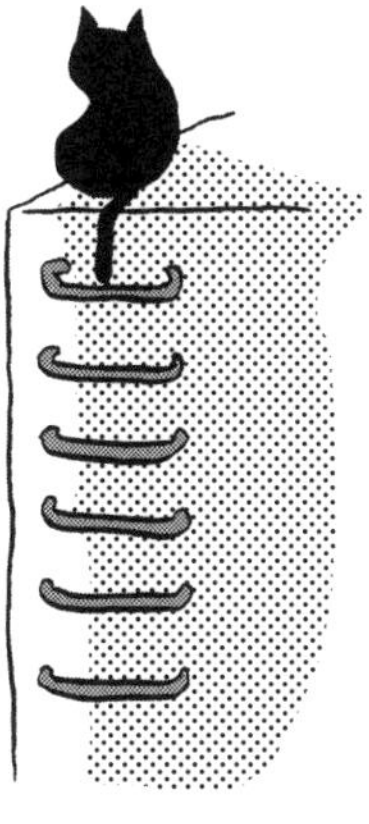

彼方から反対側の彼方まで飛行機雲が一直線に

羽根のある生き物を見て天使だと気づかず虫の図鑑をめくる

きれいなもの見たい時とかきれいなもの見すぎた時は屋上に行く

神さまは高いところが怖いので一度も地上を見たことがない

飛び降りるためにのぼった屋上で見たのと同じくらい青空

大事なものですかそうでもないですか　都会に雪が積もって溶ける

天竺に行くのをやめた僕たちがつい振り返る熱い夕焼け

夕焼けがきれいだなんてひとりではわからないからそばで教えて

不意打ちで大きな流れ星を見てただきれいだと三回思った

すんません　うちはプラネタリウムとか間に合ってますから　すんません

うずたかく屋根に積もった星屑をシャベルでかいて空へと落とす

杉の木が空に向かって伸びている　迷うことなく空に伸びてる

天女って言わんばかりに屋上の物干し竿にはためくシーツ

社会人一年生よ颯爽と先輩風に吹かれてゆこう

誰ひとり太陽に手は届かないけれどもみんなあったかくなる

ほめられた量の二倍は自惚れてトマトのような晴天である

屋上でカロリーメイト　死にたいという気持ちにもいつかは飽きる

教室であの時きみが歌ってた歌詞の間違ってる方が好き

100万回生きたヒト

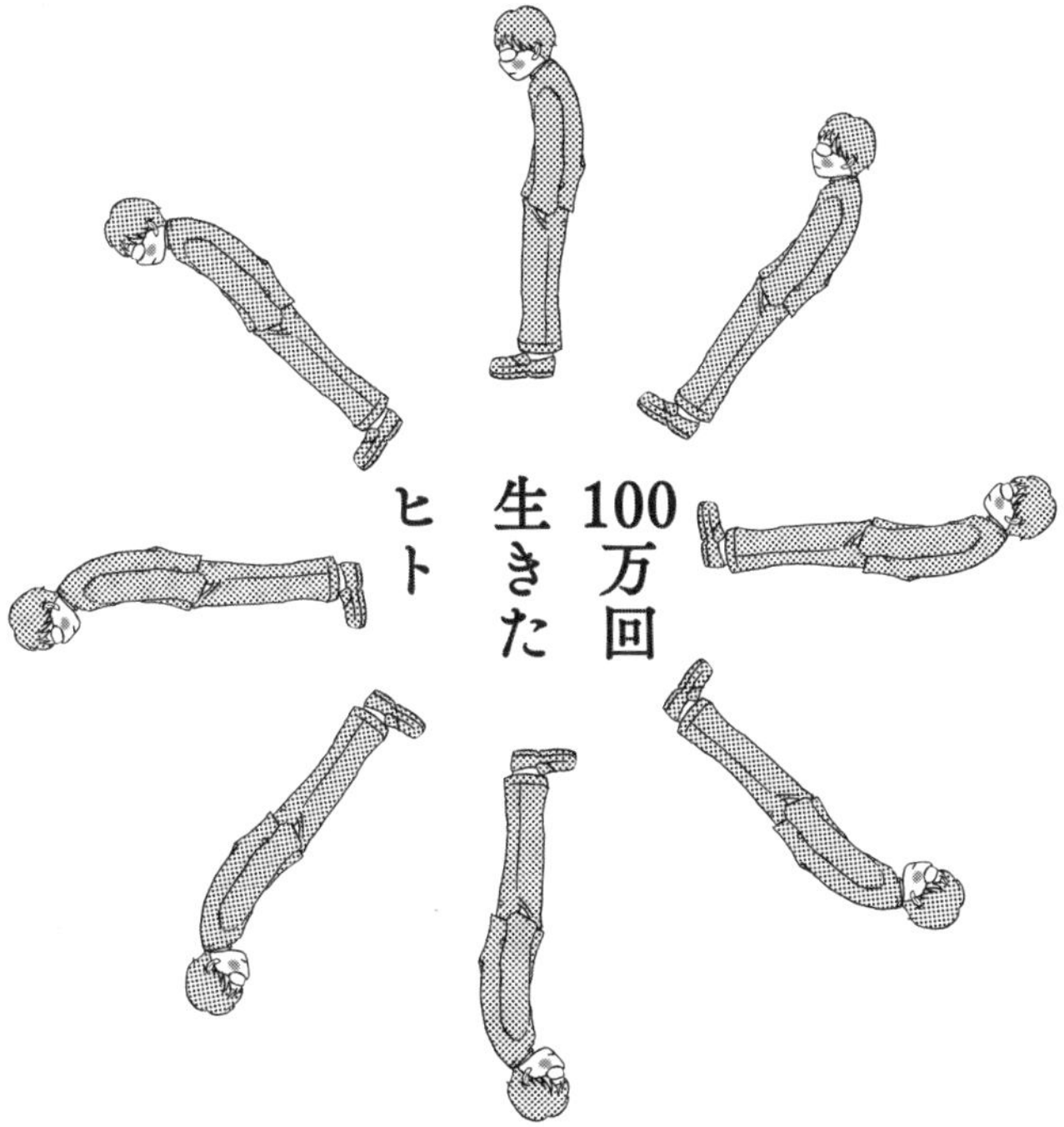

言うことをきかない犬が尻尾なんか振るから必死に手で押さえてる

死んだ人よりも生きてる人が好き　ケーキにそっとフォークを入れる

助手席にかすかに残るぬくもりをペットボトルで激しく叩く

母ちゃんが処女だと知って家出する　愛って何かよくわからない

人間の頭と同じ大きさのキャベツを　すとん　半分に切る

いつだって未来はきみの手の中に　地下一階は地面の中に

火葬場で僕の棺に入れるべきものの議論に参加できない

清らかでいたい気持ちが邪魔をして魚と水が区別できない

水面から遠く離れて人生はどこにも息を継ぐ場所がない

美しいフォームで川に石ころを投げている神さまを見かけた

息ができなくて恋かと思ったが海で溺れているだけだった

友だちの前世が海で二人してその亡骸をながめて過ごす

俺はもう日照権を放棄して地上のもぐらとして生きていく

おっぱいが多いほど良いわけじゃない　もう人間に戻して下さい

突風に煽られて仕方なく走れ鈴カステラのように転がれ

地の底でへ音記号になっている　いつかはばたくことを夢みて
念願の磁石に生まれ変わったがあなたと同じS極だった
あたしはむ　愛され方を妥協してパンのあいだに挟まってるの

そがんことして遊んだらコウノトリ来っぞ　ふすまの向こうから声

シウマイの皮を神経質に剝く　わたしたち肉だけの存在

人間になった今でも暗がりに行くとお尻が光ってしまう

片膝をついて祈りを捧げてるような格好で食べる食パン

千人が一斉に手を叩く音　女の人の声に似ている

かぎがないからごめんねとぼくの外側の世界のひとがいうのだ

晴れおとこ一人失い九州の北部で記録的な豪雨が

父ちゃんの高い高いで人類は初めて月にたどり着いたよ

見えやすいとこに時計が掛けてある斎場で時計ばかり見ている

わくわくに似たこの気持ちは何だろう　人の訃報に接してるのに

脳内の獣が叫ぶ　しんけんにわたしはそれをわかろうとする

夢のなかでもっと聞きたい声なのに頭の奥でくぐもっている

夢なんか勝手に見てろ　石鹸をカンナで削る仕事で生きる

この世界を誰かの命と引き換えに救えるとして推薦したい人がいる

あんたらに殺虫剤を浴びせるで　これで死ぬやつみんな虫やで

いま死ねば全裸死体だ　くちびるを噛んで眠気と戦っている
かおちゃんはねかおりっていうんだほんとはね　だけどカオスを司る神である
神さまがわがままを許してくれない　プランターの芽が何度も枯れる

坂道をゆっくりゆっくり下ってく　ブレーキいっぱい握りしめても
神さまが弾を抜いたと気づかずにロシアンルーレットを続けてる
大丈夫だいじょぶだから（トリカブト）植物由来の原料だから

好きな飲み物は醤油と豪語した芸能人の謎の急逝

あなた、あなたにしか救えないたましいを見過ごそうとしていますね

拳銃に卵を込めて引き金を何度ひいても鳩が出ますよ！

マフラーのねじねじをゆるめて回る　繰り返すべき命などない

たましいが正直だからなどと意味不明なことを供述しており、

まだかなと尻尾を振って待っている　怒られるって知っているけど

やっぱり光について

きみの目の奥に凍った鳥がいて僕が光をあてているのだ

手の中に朝を隠しているでしょう　体が透けていくからわかる

僕はひかり　泣いてるきみの横顔をむやみに照らすしかできなくて

さよならと言われた俺の頭上からありえないほどスポットライト

僕が手を放したありったけの希望　いくら離れていてもまぶしい

光よりまぶしい暗闇だったからうっかり希望だと思ってた

また朝が来るはずだった　ああせめて光の声を聞かせてほしい
それなりに明るく暮らす　もしこれが二度と明けない夜だとしても
正直に生きてる人が放つ光　それは涙のこともあるけど

サイダーのダムに沈んだ村がありいつも真昼のように明るい
道のりを明るく照らす選りすぐりの記憶をもって生きていきたい
まぶしさを直視できずに僕たちは大事な夢を茶化して笑う

人間は誰でもひとり　それでもなおつながった気がするときの光

限りなく西へ西へと旅をして明るいところだけで生きたい

人よりも弱くて脆い星だけどたまにばっちり光る　今日とか

笑顔でのさよならをもう恐れない　春の光に溺れていても

ステージでライムライトを浴びているピアノのように決然と立つ

光あれ　洗濯物を薫らせる光　あなたの心の中に

教会のなか一面にサイダーが降ってるような眩しい祈り

夕空にいちばんぼし、と思ったら位置についてをしてる流星

この街に明かりがひとつ　今よりも少しだけいい人になりたい

いつか観覧車に

「サイダー」と手話で伝えているときのぴっと目覚めるような表情

黒ヤギと白ヤギみたい　お互いの手紙を糧にして生きている

恋のこと　妹のこと　大切なものの話をもっと聞かせて

人生の数え上げればほとんどがきみに会えない日で埋まってる
文末の文字化けしてるのはきっとハートの絵文字だと信じてる
今きみに会えたらきっとものすごく笑顔になってばれてしまうから

好きな花を急に訊いたりするでしょう　うかつにきみの名を呼べません

困らないでほしい　あなたは愛されてほんの少し誇らしく思って

帰り道きみは林檎の香にむせてそれきり何も言わなくなった

きみが目の前に座って　きみの名を呼ぶことができて　しあわせでした

ありがとう　人を好きっていうことはサイコーに楽しかったよ　じゃあね

いつか生まれ変わったら、できればその前に、いつか観覧車に乗りましょう

何回もおんなじように間違えるだろう　時間を巻き戻せても
あの時やあの時なにを思ったの？　答え合わせをさせて下さい
手に入るものしか欲しくならなくていいのに月のやさしい光

つかの間のしあわせのこと何回も思い出しては忘れてしまう

昨日見れなかったぶんの月を見る　たった一度の返事がほしい

さようならという言葉を教えるね　黙って行ってほしくないから

どれくらい時を巻き戻せるかにもよるけれど　もう手遅れですか

コーヒーの染みに牛乳もこぼす　取り返しつかないものを取り返したい

どうしてもあなたの肉が飲み込めずもう半年も咀嚼している

用のない希望が胸に湧いてきてきみが生きてる限り苦しい

殴られたような気がして振り向くと花火が見える　ビルのすきまから

送信の履歴は消した　淋しさの正しい伝え方が知りたい

もし時が巻き戻せたらとかそんな無駄な想像に一年も費やした
さよならが聞けてよかった　ふらふらの足に真新しい靴を履く
あなたから受け取ったかなしみだけが生きて腸までしっかり届く

超合金タケシと名乗る　さよならに耐えられるほど頑丈だから

90度傾きながら立っている　冥王星の暦では春

俺といて楽しいこともあったでしょう　一生にあともう一度だけ思い出してよ

右向きに回る時計を時計屋で買ってそういう時間を生きる

湯豆腐が溶けきった鍋　きみのこと忘れて僕は健康になる

大丈夫って思ったけれどやっぱ駄目　凍ってるゴム鞠が跳ねない

思い出がセピアに染まらない病でいつまでもあざやかに苦しい

欲しくても手の届かないものがあることは尊いのかもしれない

聞こえないように応援するからね　視線も少し外しておくし

失った何かをそれはそれとして窓をきれいに磨いて生きる

蛍だと思った虫とずっといる　やっぱり光るような気がして

春ですね　あなたのいない停車場にときどき水がたまっています

大好きな人に幸あれ　今すぐに幸あれ　日常的に幸あれ

解説　「正直なたましい」ひとつで

光森裕樹

僕にただひとつのものが正直なたましいならばいいなと思う　「青春の真ん中に」

歌集冒頭を飾る、ささやかな願いの歌である。平易な言葉から成るこの歌に、歌集の原稿を読み返すたびにふかく立ち止まる。「ただひとつのもの」の「もの」は何を指し示すのだろう。長所や美質といった言葉に置き換えてしまうと、何かがこぼれてしまいそうだ。長所や美質であれば、二つや三つ望んでも罰はあたらないだろう。「ただひとつ」という言葉の向こうに、そもそも多くを望まない心性が滲み、なんだかさみしい。「正直なたましい」という言葉も、誠実さや素直さといった言葉には置き換えられない。むしろ、人にそれらをもたらす小さなビー玉のような存在を思い浮かべた。

果たして「正直なたましい」ひとつで人は生きていけるのだろうか。

——分からない。

「僕」に始まるこの歌集を特徴づける要素のひとつに、時折登場する「俺」という言葉の使用をあげたい。少し粗野な人物が使いそうな言葉であるが、尼崎武においてはどうも様子が違う。

歴史という大河の中の俺という小川ドラマですら果てしない　「青春の真ん中に」

俺いつも笑っているし知らぬ間に誰かを救えているんじゃないか　〃

俺はもう日照権を放棄して地上のもぐらとして生きていく　「100万回生きたヒト」

一首目は「大河ドラマ」という言葉に想を得たのであろう。数百年後の人々に語り継がれる歴史や物語と比べると、多くの人生は「小川」程度のささやかなものだ。にも関わらず、「俺」はそこに壮大なドラマを見ている。笑わせられつつ、そんなに大げさにならなくても、と反応に困ってしまう。二首目はどうだろう。たしかに、普段にこやかである人の存在は、周囲を和ませるものだ。しかし、救われるかどうかは周囲が決めることであって、笑顔の本人がそれを確信した瞬間にその効果は失われてしまう気がする。想像たくましい「俺」の勘違いぶりが眩しい。三首目に至っては、当人に何があったのかは分からないが、どうぞご自由にしてください、とつっこんでしまう。いずれの歌にも、妄想家でありつつもどこか憎めない「俺」像が浮かんでくる。

しかし、こんな歌はどうだろう。

もう俺は今日から生まれ変わるのに昨日のことで怒られている　「うごくおとうさん」

「俺は今日から生まれ変わる」という力強い宣言には、前の三首に通じる勢いがある。けれども、周囲から見た自分は昨日の自分の延長にすぎない。つまり、この歌には「他人からみた自分」という意識がある。もしかすると「俺」という言葉は、他人の前で口にする呼称ではなく、自分の心のなかの声としてしか使えていないのではないだろうか。自身を強く鼓舞する「俺」は、周囲から見ればいつだって代わり映えのない「僕」や「わたし」なのだ。

月に雲　誰もが知っていることを俺だけずっと理解できない　「満月予報官」

もはや、「俺」の妄想や笑顔だけでは太刀打ちできない、〈自分だけがずれている〉という厳しい現実。「俺」という威勢のいい言葉が、これほど残酷な効果をあげる一首を他に知らない。「知らぬ間に誰かを救」うんじゃなかったのかよ、と読んでいるこちらが苦しくなる。

歌集のもうひとつの特徴に、よく知られた言葉を取り込んだ歌の存在があげられる。前掲の「歴史という大河～」の歌も当てはまるが、ここではもう二首を引用してみる。

この道はいつか来た道　ああそうだよ　進研ゼミでやったところだ

「僕らはみんなミステイク」

雪国に行くトンネルを反対に抜ければそれが春ではないか　〃

一首目は、北原白秋が作詞して山田耕筰が作曲した唱歌「この道」から始まり、舞台が暗転するかのごとく、通信教育「進研ゼミ」を宣伝するワンパターン広告漫画の台詞に着地する。郷愁をさそう雰囲気と、見たことがある問題だから学校の試験で簡単に点が取れるという〈本当にそれでいいのか感〉あふれる現実的対策との落差に、がくっとする。しかし、いっときの笑いの後に、ふと考える。極度に効率化・平均化されたこの世の中で、私達は人生のほとんどを予習してしまっていて、これから起こることの全ては既知の出来事にすぎないのではないだろうか。それはちょうど、「昨日のことで怒られ」続け、やり直せることのない現実の相似形かもしれない。

二首目はもちろん川端康成の『雪国』の出だし「国境の長いトンネルを抜けると雪国であつた。」をひっくり返したものだ。「それは春ではないか」ではなく、「それが春ではないか」であることから、どうやら春をながく希求していたことが分かる。なるほど面白いと膝を打ったのち、よくよく考えると、トンネルの向こうが雪国ならば、こちら側も冬のはずだと気付く。しかし、〈戻ってもいいんだ〉という発想は苦しい人――この道の先には雪ばかりだと既に知ってしまっている人をいつか必ず救うと思う。そう、「俺いつも笑っている」ことよりも、きっと確実に。
笑いを入り口に思索の小道へと誘う歌が並ぶなかに、突如真顔になったような歌に出会う。

しあわせになると心に決めること　それから、それを実行すること　「はしれ、しあわせもの」
屋上でカロリーメイト　死にたいという気持ちにもいつかは飽きる　「屋上の飛行機雲」

これらの歌に「俺」が入り込む余裕はない。一首目の「しあわせになる」という誓いは「俺は今日から生まれ変わる」という妄想とは比較にならないほど鋭く研ぎ澄まされている。昨日までの自分に構うことなく、ひたすら前進しようとする決意に、もはや周囲からの視線は気にならない。二首目では、かつて「死にたい」という気持ちに囚われていた、あるいは、そこから抜け出せる予感を得たことが歌われている。機能食品の「カロリーメイト」が歌に含みをもたらす。これだけを食べて生きていけるんじゃないか、とも思わせる手軽な在り方は、現代の若者のなかでカジュアルに使われる「死にたい」という言葉の在り方に通じる。そのぼそぼそとした食感が救いには程遠いものだと、いつかは気付くのだ。
これらの歌が私のこころの深い場所を温めるのは何故だろう。思うに、それが誰かを啓発するために詠まれた歌ではなく、なによりも「俺」の登場に頼らず自分自身を前に進めるために紡がれた歌だからだ。尼崎武の歌の本質は、そんなところにありそうだ。

不意打ちで大きな流れ星を見てただきれいだと三回思った　「屋上の飛行機雲」

願いごとを三回唱えるのを忘れたのは、流れ星が突然だったせいではないだろう。きっと「進研ゼミ」で何度練習していたとしても、尼崎武は「ただきれいだと三回思」うのではないだろうか。自分のための願い事をすることさえ忘れたとき、「正直なたましい」はすぐ傍にある。

どうだろう、「正直なたましい」ひとつでも、人は生きていけるんじゃないだろうか。それで無理なときには、いつか来た道を戻ってもいい。

誰もが猫背でありながら、自分の背中は見えない。尼崎武の歌は、誰の背中であっても無理に伸ばそうとせずに、ただそっと擦ってくれる。自分自身には多くを望まない者が、その「正直なたましい」にどんな人々を惹き寄せ、彼らに何を強く願うのか――それを読者ひとりひとりがこの一冊を辿った先で、見届けて欲しい。

あとがき

近所の整骨院に「猫背矯正します」という貼り紙が出ていて、猫背の僕は自分に言われているような気がしてこそこそしてしまう。整骨院の前を通るたびに、見つからないように身を縮めて歩かないといけない。でもそれはむしろその整骨院に対して猫背をアピールしているようでもあり、どうしていいかわからなくなる。そうこうしているうちにその整骨院に新しい貼り紙が出て、そこには「猫背診断します」とあった。よかった。猫背かどうかは診断しなければわからないものだったようだ。

正直、猫背も案外悪くない。猫背でうつむいて歩いているからこそ、見えるものもある。お金はめったに落ちていないけど。それに、普段からうつむき加減だから、落ち込んでもばれない。人生のほとんどに失望して取り返しのつかない気持ちになっても気づかれないまま過ごし、そのうちうっかり元気になってしまう。

僕は猫背であるとともに左利きでもあり、小さい頃は周りの大人たちがそれらを矯正するために一生懸命はたらきかけてくれた。でも最近では、左利きは矯正しなくてよいという考え方が主流になっているようだ。じゃあ猫背だってそうなったっていいんじゃないか。正しくて美しい姿勢には憧れるけど、猫背のまま生きていてもいいし、猫背の自分を愛してもいいんじゃないかと思う。

本書は尼崎武の第一歌集です。短歌をはじめた二〇〇二年から二〇一六年までの間に作った短歌から三二三首を選び、連作として再構成しました。

本書ができあがるまでに多くの方々が、姿勢が悪い私の背骨となって支えてくださいました。とりわけ、田島安江さんや黒木留実さんをはじめとする書肆侃侃房の皆さま、監修をお引き受けいただいた光森裕樹さん、原稿を読んで意見をくれた友人たち、何かとお世話になった本多真弓さん、表紙イラストと挿絵を描いてくれた親友のスズキロクに心から感謝いたします。また、短歌をはじめるきっかけとなった枡野浩一さんと、枡野浩一さんを知るきっかけとなったアーティストの奥井亜紀さんと、奥井亜紀さんを知るきっかけとなった漫画家の衛藤ヒロユキさんにも感謝の気持ちをお伝えしたいです。

本書も、読んでくださった皆さまの背骨となることができたら幸いです。曲がっとるけどな。これからは猫背の時代です。

尼崎　武

■著者略歴

尼崎 武（あまがさき・たけし）

1979年、佐賀県藤津郡嬉野町（現・嬉野市）に生まれる。

九州大学教育学部中退。玉川大学通信教育部教育学部在学中。

アーティスト奥井亜紀のファンであり、彼女が参加したトリビュートＣＤ「君の鳥は歌を歌える」を通して枡野浩一と短歌を知る。

2002年から短歌を作り始め、「枡野浩一のかんたん短歌blog」等に投稿。

2009～2011年、同人誌「屋上キングダム」に参加。

2015年、枡野浩一短歌塾（第4期）を受講。

神奈川県在住。

Twitter : @amagatak

「新鋭短歌シリーズ」ホームページ　http://www.shintanka.com/shin-ei/

新鋭短歌シリーズ35

新しい猫背の星

二〇一七年三月十二日　第一刷発行
二〇二一年五月十九日　第二刷発行

著者　尼崎 武
発行者　田島 安江
発行所　書肆侃侃房（しょしかんかんぼう）
〒八一〇・〇〇四一
福岡市中央区大名二・八・十八・五〇一
（システムクリエート内）
TEL：〇九二・七三五・二八〇二
FAX：〇九二・七三五・二七九二
http://www.kankanbou.com　info@kankanbou.com

監修　光森 裕樹
装画　スズキロク
装丁・DTP　黒木 留実（書肆侃侃房）
印刷・製本　株式会社西日本新聞印刷

ISBN978-4-86385-254-9　C0092